CW00524771

28 Janvier 1891

V

Vente par suite du départ de Mme C...

HOTEL DROUOT, SALLE N° 1

Les Mercredi 28 et Jeudi 29 Janvier 1891

à deux heures 1/4

BEAU

MOBILIER ARTISTIQUE

Gothique, Renaissance

ET DE STYLE ORIENTAL

OBJETS D'ART — TABLEAUX — DESSINS

BIJOUX, ARGENTERIE

Élégante Garde-robe, Fourrures, Dentelles

LINGERIE, ÉVENTAILS

Tentures, Étoffes

Mᵉ E. THOUROUDE
Commissaire-Priseur
32, RUE LE PELETIER, 32

M. A. BLOCHE
Expert près la Cour d'appel
25, RUE DE CHATEAUDUN, 25.

EXPOSITION PUBLIQUE

LE MARDI 27 JANVIER 1891

de 2 heures à 6 heures.

HOMO
ADDITV
NATVRE
IMPRIMERIE DE L'ART

CATALOGUE

D'UN BEAU

MOBILIER ARTISTIQUE

Gothique, Renaissance et style oriental

Tentures, Étoffes, Dentelles, Fourrures, Élégante Lingerie
Garde-robe de dame, Ombrelles, Éventails

BEAUX BIJOUX, NOMBREUSE ARGENTERIE

Objets d'art, Bronzes, Tableaux, Gouaches, Dessins
Porcelaines
Émaux cloisonnés, Service de table de Limoges

DONT LA VENTE, AUX ENCHÈRES, AURA LIEU

Par suite de départ de Madame C...

HOTEL DROUOT, SALLE N° 1

Les Mercredi 28 et Jeudi 29 Janvier 1891

A DEUX HEURES UN QUART

Par le Ministère de Me **EUG. THOUROUDE**, commissaire-priseur
32, rue Le Peletier, 32

Assisté de **M. A. BLOCHE**, expert près la Cour d'appel
25, rue de Châteaudun, 25

Chez lesquels se trouve le présent Catalogue

EXPOSITION PUBLIQUE

LE MARDI 27 JANVIER 1891

DE DEUX HEURES A SIX HEURES

CONDITIONS DE LA VENTE

La vente sera faite au comptant.

Les Acquéreurs paieront, en sus des adjudications, *cinq pour cent* applicables aux frais.

L'Exposition mettant le public à même de se rendre compte de l'état des objets, il ne sera admis aucune réclamation une fois l'adjudication prononcée.

Paris — Imprimerie de l'Art, E. Ménard et Cie, 41, rue de la Victoire.

Désignation des Objets

ARGENTERIE, BIJOUX

1 — Belle cafetière en argent, décor à guirlandes de fleurs. Style Louis XVI.

2 — Petite cafetière en argent guilloché, sur trois pieds.

3 — Douze tasses et douze soucoupes à café, en argent guilloché, anses formées par des cariatides de femmes.

4 — Deux grandes tasses et soucoupes en argent guilloché, à armoiries, style Louis XVI.

5 — Douze cuillères à entremets en argent, décor guirlandes de fleurs.

6 — Six cuillères à café analogues aux précédentes.

7 — Douze cuillères à café en vermeil guilloché par parties.

8 — Deux cuillères à café en argent guilloché par parties.

9 — Six couteaux à dessert, lames en vermeil, manches en nacre garnis en argent doré.

10 — Six couteaux à dessert, lames en acier, manches en nacre garnis en argent doré.

11 — Deux raviers en cristal, monture et anses en argent, décor grappes de raisin.

12 — Deux salières en cristal, monture en argent, décor grappes de raisin.

13 — Joli pot à eau et sa cuvette, en argent, décor bouquets de fleurs, anse formée de deux amours couchés.

14 — Belle garniture de toilette formée de deux pots à eau en cristal, deux cuvettes en cristal garnies en argent, quatre flacons en cristal, deux boites à brosses et deux boîtes à savons en cristal, le tout avec couvercles en argent au chiffre J. B. en relief. Travail de la maison Aucoc.

15 — Belle glace biseautée forme ovale, cadre en argent avec bord perlé supporté par deux pieds en argent au chiffre J. B. en relief, style Louis XVI. Travail de la maison Aucoc.

16 — Deux flambeaux en argent à colonnes, bords perlés au chiffre J. B. en relief, style Louis XVI. Travail de la maison Aucoc.

17 — Deux flacons à odeurs en cristal taillé, couvercles en argent au chiffre J. B. en relief.

18 — Deux vaporisateurs en cristal taillé ; montures en argent.

19 — Beau nécessaire en ivoire avec chiffre J. B., en argent à relief, composé de quatre grandes boites, quatre brosses, une glace à main, une grande boite à épingles, un chausse-pied, une petite glace de poche, une boite à friser les cheveux.

20 — Deux jardinières à quatre pieds en argent, à anses, décor écussons et cariatides. Style Louis XVI.

21 — Timbale en argent guilloché, à écusson.

22 — Deux petits plateaux en argent, décor personnages et guirlandes de fleurs.

23 — Porte-cigarettes en argent, à écussons et fleurs en relief.

24 — Petite boîte forme cœur en argent.

25 — Petite lampe à esprit-de-vin argentée. (Pour allumer les cigares.)

26 — Pelle à pickles et pelle à sardines en métal anglais.

27 — Pendule en argent émaillé.

28 — Deux flambeaux en argent émaillé.

29 — Huilier en argent.

30 — Porte-bonheur enrichi de brillants.

31 — Paire de boutons formés de solitaires en brillants anciens.

32 — Encrier en argent.

33 — Deux salières en argent. Louis XVI.

34 — Croix enrichie de lapis et de neuf brillants.

35 — Bague composée d'un brillant de fantaisie entouré de brillants blancs.

36 — Bague formée de trois perles fines et de brillants.

37 — Bague enrichie d'une turquoise fine et de deux brillants.

38 — Bague enrichie d'un brillant, une perle fine et de roses.

39 — Bague en émail bleu enrichie de trois brillants.

40 — Paire de boutons d'oreilles formés de deux rubis spinels entourés de roses.

41 — Broche forme papillon enrichie de quatre brillants et de deux perles fines.

42 — Broche ancienne en roses.

43 — Pendant de cou en or et camée dur, enrichi d'un feuillage en roses et de cinq brillants.

44 — Broche forme trèfle, enrichie de grenats cabochons et de brillants.

45 — Broche en or forme haricot, enrichie de roses.

46 — Paire de boucles d'oreilles en or, enrichies de roses et de perles fines.

47 — Bracelet en or enrichi de douze brillants.

48 — Pendentif : Saint-Georges, en perles fines.

49 — Bonbonnière ornée d'une miniature.

50 — Encrier en argent. Louis XVI.

51 — Bracelet enrichi de quatorze perles de fantaisie et de douze brillants.

ÉVENTAILS, OMBRELLES

52 — Bel éventail, feuille représentant : la Déclaration. Signée Laselloz. Style Louis XVI. Monture en nacre à jour et doré.

53 — Éventail en point à l'aiguille, orné de trois médaillons : scènes espagnoles; monture en nacre.

54 — Éventail en plumes blanches, monture en ivoire. Travail de la maison Violet.

55 — Éventail en plumes noires, monture écaille brune. Travail de la maison Geslin.

56 — Éventail en Chantilly, orné de groupes d'amours en grisaille et de corbeilles de fleurs. Signé J. Dechez; monture en ébène à jour.

57 — Éventail en soie noire et peinture : le Mariage. Monture en écaille brune.

58 — Lorgnette en ivoire, ornée d'armoiries, de la maison Cam.

59 — Ombrelle en soie blanche, pomme en argent ancien.

60 à 64 — Cinq ombrelles en soie de diverses couleurs.

FOURRURES

65 — Grande et belle redingote boutonnée de côté en loutre bordée de tous côtés de marmotte lustrée ; manches brodées et lamées en or, doublée de satin marron. Travail de la maison Dieulafait.

66 — Grande rotonde sortie de bal en drap beige, empiècement en broderie doublé de Tibet.

67 — Beau boa de 3 mètres, en renard bleu argenté.

68 — Boa en têtes et pattes en zibeline.

69 — Pèlerine en velours vert, doublée de satin vert, bordée de tous côtés de chinchilla, col garni de plumes vertes.

70 — Jaquette de dame en loutre.

71 — Pelisse d'homme en loutre.

72 — Fourrures diverses : manchons, tour de cou, etc.

DENTELLES, LINGE

73 — Paire de draps en satin vieux rose, dont l'un est tout garni de valenciennes, avec chiffre brodé : J. B.

74 — Paire de taies en satin vieux rose garnies de valenciennes, avec chiffre brodé : J. B.

75 — Fichu en point d'Angleterre.

76 — Fichu de dentelle blanche.

77 — Fichu en blonde de soie.

78 — Coupe de 1 mètre en très beau point d'Alençon.

79 — Coupe de 3 m. 25 environ de malines.

80 — Coupe de 1 mètre environ, point à l'aiguille.

81 — Deux petits coussins couverts, un en valenciennes et l'autre en Bruges.

82 — Deux coupes de 1 mètre environ de bruges.

83 — Voilette blanche en point à l'aiguille.

84 à 86 — Trois mouchoirs en point à l'aiguille.

87-88 — Deux mouchoirs en point d'Angleterre.

89 — Mouchoir en bruges.

90 — Cinq mouchoirs de soie de couleur, garnis de valenciennes.

91 — Cinq chemises en soie de couleurs, garnies de valenciennes.

92 — Trois chemises en soie, garnies de valenciennes.

93 — Deux dessus de corsets en soie, garnis de valenciennes.

94 — Quatre taies d'oreiller en soie rose.

95 — Quatorze paires de bas de soie de différentes couleurs, garnis les uns de valenciennes et de bruges, et les autres brodés.

96 — Deux chemises de nuit en soie rouge garnies de dentelle.

97 — Trois sachets et une boîte en soie à odeurs.

98 — Trois pantalons de soie garnis de valenciennes.

99 — Trois chemises de couleur en linon, garnies de valenciennes.

100 — Trois chemises en linon batiste blanche, garnies de valenciennes.

101 — Six chemises de nuit en toile batiste, garnies d'imitation valenciennes.

102 — Cinq beaux draps en toile fine, sans coutures, garnis de différentes dentelles.

103 — Drap en toile fine, broderie Colbert.

104 — Douze taies d'oreiller analogues.

105 — Six dessous de cuvettes en broderie.

106 — Dessus de table-duchesse en molleton et dentelle.

107 — Six petits dessus de table divers en toile et dentelle.

COSTUMES, MANTEAUX

108 — Beau manteau en drap vieux rouge, tout brodé sur peau, doublé de satin, col garni de plumes. Travail de la maison Decot.

109 — Beau manteau en volants de Chantilly, garni de jais.

110 — Beau manteau en soie verte, tout plissé accordéon, avec dentelles blanches et velours.

111 — Robe en velours vert, avec corsage montant garni de jais et plumes, et deuxième corsage décolleté pareil.

112 — Robe en soie beige, avec corsage broderie or et argent.

113 — Robe de soie prune, garnie de dentelle noire.

114 — Robe de soie bleue et corsage garnis de guipures blanches.

115 — Deux sauts-de-lit en soie dont un rose et un bleu.

CHAPEAUX, CHAUSSURES

116 à 118 — Trois grands chapeaux en dentelle et paille, garnis de plumes et de fleurs. Sortant de la maison Virot.

119 — Chapeau en velours bleu, garni de loutre, de chez Virot.

120 — Boa en plumes blanches, de chez Virot.

121 — Paire de pantoufles en satin mauve-rose brodé or.

122 à 124 — Quatre paires de souliers vernis, satin noir et mordorés.

MOBILIER, OBJETS D'ART, TENTURES

125 — Porte-manteaux d'aspect architectural en chêne sculpté, à figures, consoles et ornements style Louis XIII; fond garni d'une grande glace.

126 — Table rectangulaire avec piétement à petits balustres en noyer, avec dessus se développant sur lui-même. Style XVIe siècle.

127 — Deux escabeaux en noyer sculpté, de style Renaissance.

128 — Lanterne d'antichambre à gaz, en fer forgé. Style Renaissance.

129 — Deux fenêtres à deux vantaux garnies de vitraux de couleurs.

130 — Deux vantaux en vitraux sans châssis.

131 — Très beau meuble-cabinet, dit *Contador*, tout en marqueterie de bois et d'ivoire, garni de cuivres repercés et dorés, supporté par des groupes de personnages sur chimères en bois sculpté.

132 — Joli meuble formant bureau, avec étagère en bois sculpté, orné de cariatides d'hommes et de femmes, s'ouvrant à deux portes, à dessins raphaélesques ; le haut surmonté d'un fronton. Style Renaissance.

133 — Colonne-support en noyer sculpté et cannelé.

134 — Écran en bambou garni de peluche verte, avec draperie en étoffe japonaise lamée d'or, formant vide-poche. Travail de la maison Lippmann.

135 — Beau divan couvert d'une draperie en peluche

crème brodée et garnie de franges, de style oriental.

136 — Très beau coussin long, tout en broderie d'or et de soie, dessin à paons et fleurs sur fond bleu pâle.

137 — Très belle tenture flottante en étoffe de soie brochée et rayée, à dessin multicolore sur fond havane pâle, dans le goût oriental.

138 — Grande et belle portière fond fil de lin, couverte de gerbes fleuries en broderie de soie de différentes nuances, accompagnée de cordelières avec glands assortis.

139 — Décoration de dais formée par un grand couvre-pied en étoffe bleu pâle d'Orient, tout brodé à paillettes, garni de franges.

140 — Belle portière orientale, fond bleu pâle, couverte de broderies d'argent et de soie, à dessins multicolores, encadrée de panne mordorée avec draperie garnie d'une frange et de passementeries à résilles, doublée en satin sergé assorti.

141 — Encadrement de glace et dessus de cheminée en étoffe assortie à celle de la tenture murale.

142 — Deux décorations de croisées en étoffe semblable à la tenture murale.

143 — Deux portières en même étoffe, avec draperies, embrasses et glands assortis.

144 — Quatre stores de vitrage en soie caroubier garnie de franges, pompons assortis.

145 — Grande écharpe formant draperie, fond violet broché d'or, dessin aux paons.

146 — Beau coussin long tout en broderie, semé d'ornements et de fleurs sur fond de satin crème. Travail ancien.

147 — Coussin long en satin bleu brodé à fleurs et feuillages en argent. Travail ancien d'Orient.

148 à 152 — Cinq jolis coussins en satin brodé et broché de nuances diverses.

153 — Petit guéridon oriental en marqueterie de nacre.

154 — Petite banquette en noyer sculpté, avec dessus et coussin en étoffe rayée, fond jaune broché de couleur. Style Renaissance.

155 — Fauteuil couvert en ancienne broderie d'argent et de soie sur fond de satin rose. Travail de Tétrel.

156 — Coussin carré en soie verte, couvert de broderies à arabesques de fleurs. Travail ancien.

157 — Carpette orientale fond rouge, dessin multicolore.

158 — Paire de vases en émail cloisonné de Chine, forme cylindrique, fond bleu turquoise, dessin à fleurs et arabesques en couleur.

159 — Grande bouteille avec plateau, en cuivre gravé et doré. Travail de Bénarès.

160 — Petite lampe de mosquée en cuivre repercé et gravé. Travail d'Orient.

161 — Gourde de suspension tout en passementerie de soie avec glands.

162 — Œuf d'autruche, couvert d'une résille garnie de glands en soie.

163 — Lampe de Boler, système Hink, formée d'une colonnette avec chapiteau en bronze argenté.

164 — Groupe de quatre figures en porcelaine de Saxe : Colin-Maillard.

165 — Deux statuettes en porcelaine de Saxe : Colin et Colette.

166 — Jardinière à quatre pieds en argent, décor panier de fleurs et guirlandes. Style Louis XV.

167 — Porte-cartes en ivoire, décor sujets japonais.

168 — Petit groupe en ivoire forme coquille : Vénus et l'Amour.

169 — Cachet en argent avec manche en ivoire.

170 — Petit flacon à odeurs, monture en argent doré.

171 — Vaporisateur en métal anglais.

172 — Très beau buffet d'aspect monumental, style XVIe siècle, en noyer sculpté. Le haut s'ouvrant à deux vantaux garnis de vitraux, supporté par un corps crédence avec colonnettes détachées, présente de chaque côté des personnages en costumes de l'époque : Châtelaines et Troubadours sous des portails. Au-dessous se détachent des médaillons à têtes de fous et de fauconniers. Le bas,

avec rangées de tiroirs à hauteur d'appui, s'ouvre à deux portes décorées de dessins d'après Jean Goujon, ornements et êtres fabuleux, et de chaque côté il forme crédence à étagères sous arcades avec colonnes cannelées. Ce meuble a été admirablement exécuté.

173 — Joli meuble à deux corps, en chêne sculpté, avec montants à cariatides, s'ouvrant à deux portes, dessin école lyonnaise ; le fronton à médaillons et têtes de personnages très en relief; le bas supporté par de gros pilastres ornementés. Travail en partie du xvie siècle.

174 — Joli meuble dressoir s'ouvrant à rabats, en bois sculpté, riche ornementation raphaélesque. Style Renaissance.

175 — Six chaises, style xvie siècle, en noyer sculpté, couvertes en drap rouge antique, facetées de clous et de passementeries.

176 — Table carrée en noyer sculpté, à six allonges, piétement à pilastres et entrejambes à colonnettes accouplées. Style xvie siècle.

177 — Joli lustre à gaz, à six lumières, en fer forgé, modèle à rinceaux feuillagés. Style xvie siècle.

178 — Belle statuette en bronze, patine claire : *Ondine*, d'*Auguste Moreau*. Signé. Montée sur plinthe en marbre rouge griotte, à pivot tournant, avec contre-socle en peluche rouge.

179 — Grande décoration de baie, formée de deux portières et un lambrequin en velours de lin rouge antique, garnis de franges et de passementeries, avec embrasses et glands assortis.

180 — Trois portières et quatre draperies de même étoffe et garnies dans le même goût.

181 — Tapis de table en velours de lin fond vert et fond rouge, orné de broderies, dessin Renaissance garni de franges.

182 — Service en porcelaine de Limoges, fond blanc, à fleurs en rouge, vert et or, pour six couverts. Travail de la maison Haviland, de Limoges.

183 — Service à dessert analogue.

184 — Six tasses et soucoupes en porcelaine blanche, bordure or. Travail de la maison Haviland, de Limoges.

185 — Lampe à pétrole en porcelaine, décor à fleurs ; monture en bronze.

186 — Service à bière en verre blanc de Bohême, composé d'une canette, deux verres et plateaux ornés de montures et de guirlandes de fleurs en argent.

187 — Petit cabaret en métal anglais, composé du carafon en verre rouge, un plateau et six porte-verres.

188 — Coupe avec couvercle en cristal taillé, montures et ornements en argent ciselé.

189 — Petite jardinière en faïence de Marseille, fond blanc, à fleurs en polychrome.

190 — Très beau lit monumental en chêne sculpté, avec fond divisé par compartiments, dessin ogives fleuronnées et écussons, surmontés d'un dais à voussures, flanqué de clochetons aux extrémités. Le devant divisé par compartiments avec fronton à armoirie, les côtés à rosaces fleuronnées et les accotoirs formés d'animaux chimériques. Travail de style gothique et partie ancien.

191 — Beau matelas couvert de molleton blanc.

192 — Deux petits meubles prie-Dieu en bois sculpté, avec montants à statuettes d'enfants, battants et tiroirs à ornements. XVIe siècle.

193 — Stalle avec dais à voussure formant coffre, dossier armorié en bois sculpté. XVIe siècle.

194 — Petit fauteuil X, en bois sculpté. Style XVIe siècle.

195 — Statuette en marbre : *Baigneuse*, d'après Allegrain.

196 — Décoration de cheminée et encadrement de glace en brocart crème broché d'or et de soie, dessin à fleurs et ornements.

197 — Belle tenture flottante de chambre à coucher tout en velours de lin bleu paon amplement drapée.

198 — Deux rideaux de fenêtres en taffetas bleu pâle.

199 — Deux rideaux de fenêtres et une portière, en velours de lin bleu paon.

200 — Couvre-pieds édredon en satin rose molletonné.

201 — Trois coussins carrés en brocart ancien broché à fleurs.

202 — Deux coussins longs en brocart ancien.

203 — Petite lampe forme carrée, système Hinks, en métal argenté.

204 — Grande et belle toilette formée par un ancien bahut en chêne sculpté du XVIe siècle, offrant en bas-relief des personnages, des oiseaux et des feuillages, avec montants à petits balustres superposés. Dessus avec étagères et tablettes en marbre rouge fleuri.

205 — Glace avec cadre en chêne sculpté. XVIe siècle.

206 — Séchoir à pieds tors en chêne.

207 — Grande glace, cadre couvert en cretonne rouge.

208 — Table-duchesse couverte de soie rouge et de dentelles-guipures avec rubans de soie assortis.

209 — Deux appliques à gaz en bronze nickelé, à une bougie.

210 — Portière en perles du Japon.

211 — Panneau en satin noir de Chine, avec broderies or.

212 — Panneau en satin bleu de Chine, avec broderies or.

213 — Robe en crêpe de Chine bleu à fleurs brodées.

214 — Petite commode miniature en bois rose garni de bronzes, formant coffret à surprise.

215 — Grand et beau brûle-parfums en bronze de Chine, patine jaune, avec figures et branchages en haut-relief.

216 — Devant de feu en bronze. Style Louis XVI.

217 — Paire de vases en marbre, fleuris, montés en bronze doré. Style Louis XVI.

218 — Beau groupe d'Enlèvement, en bronze, sur socle en bronze doré. Style Louis XVI.

219 — Paire de jolis vases en bronze doré, avec sujets en bas-relief, sur socle en marbre rouge.

220 — Paire de flambeaux argentés.

221 — Deux chaises en bois sculpté, style Louis XIV, couvertes en velours de Gênes.

222 — Petite table à tiroirs en marqueterie de bois damier et à fleurs.

223 — Écran en tapisserie : médaillon à fleurs; monture bois noir garnie de bronzes.

224 — Support en bois rose garni de bronzes.

225 — Paravent japonais à quatre feuilles brodées à volants.

228 — Beau buste en bronze, grandeur nature, représentant la *Jeunesse* de CERIBELLI.

229 — Paire de très beaux candélabres formés de vases en brèche rose d'Orient, avec bouquets à trois lumières, monture en bronze ciselé et doré, modèle du château de Fontainebleau.

230 — Groupe en bronze d'après Clodion : Bacchante et enfant, monté sur socle.

231 — Statuette en bronze : la *Fileuse* de RANCOULET.

232 — Paire de flambeaux en bronze doré, à figures d'enfants.

233 — Paire de vases en bronze, style Empire; décor : ronde d'enfants, en bas-relief, sur socles en marbre noir.

234 — Paire de chenets style Louis XVI, en bronze doré, modèle au brûle-parfums.

235 — Statuette équestre en bronze, le *Coléoni*, sur socle en marbre.

236 — Paire de bras d'appliques style Louis XVI, modèle à rinceaux, têtes de béliers, oiseaux et guirlandes à deux lumières, en bronze doré.

237 — Curieuse pendule formée d'un fût de colonne en marbre rouge royal sur lequel s'appuie un chat.

238 — Paire de belles girandoles style Louis XVI, à trois lumières, en bronze doré, modèle à cariatides groupées sur gaines.

239 — Jolie petite pendule à cadran tournant, formée par une nymphe portant un vase en porcelaine pâte tendre et bronzes dorés.

240 — Beau cartel en bronze doré, style Louis XV, modèle de Caffiéri.

241 — Jolie boite en écaille et ivoire avec miniature : Portrait de Mme Adélaïde de France.

242 — Miniature : Portrait de Marie-Antoinette, avec cadre, style Louis XVI.

243 — Deux statuettes en biscuit.

244 — Jolie statuette en marbre : *la Source.*

245 — Poêle Choubersky nickelé.

246 — Poêle Choubersky.

247 — Objets non catalogués.

TABLEAUX, DESSINS

248 — **École française**. *Paysages animés de figures.* Deux grandes gouaches anciennes.

249 — **École française**. *Pêches et raisins.* Dessin.

250 — **École moderne**. *Le Mariage du Doge avec l'Adriatique.*

251 — **École moderne**. *Paysage avec mare.*

252 — **Rossert**. *Le Pont-Neuf; temps de pluie.*

253 — **De Dreux** (Attribué à **Alfred**). *Cavalier.*

254 — **Séraphin (Jules)**. *La Châtelaine; Moyen-Age.* Dessin.

255 — **Séraphin (Jules)**. *L'Embuscade.* Dessin.

256 — **Boulanger (G.)**. *Le Petit Oriental.* Sanguine.

257 — **École flamande**. *Le Colin-Maillard.*

258 — **Diaz fils**. *Route en forêt.* Aquarelle.

Imprimé en France
FROC010100191020
25456FR00011B/150

9 782329 470290